LOISIRS
LITTÉRAIRES

DÉDIÉS

A S. EXC. LE MINISTRE DE L'INTÉRIEUR,

PAR

CLOVIS BESSON,

PROFESSEUR D'HISTOIRE ET DE FRANÇAIS, ANCIEN ÉLÈVE DE L'INSTITUTION
IMPÉRIALE DES JEUNES-AVEUGLES.

BORDEAUX.

IMPRIMERIE DE TH. LAFARGUE, LIBRAIRE,
Rue Puits de Bagne-Cap, 8.

1857.

LOISIRS LITTÉRAIRES.

LOISIRS
LITTÉRAIRES

dédiés

A S. EXC. LE MINISTRE DE L'INTÉRIEUR

PAR

CLOVIS BESSON,

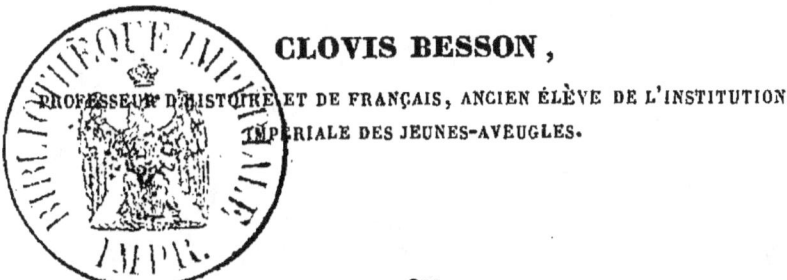

PROFESSEUR D'HISTOIRE ET DE FRANÇAIS, ANCIEN ÉLÈVE DE L'INSTITUTION
IMPÉRIALE DES JEUNES-AVEUGLES.

BORDEAUX.

IMPRIMERIE DE TH. LAFARGUE, LIBRAIRE,
Rue Puits de Bagne-Cap, 8.

1857.

A MONSIEUR CLOVIS BESSON, A BORDEAUX.

MONSIEUR,

Ce n'est pas sans un sentiment de sympathique admiration que j'ai pris connaissance du petit manuscrit littéraire dont vous avez bien voulu me soumettre l'examen, tâche, légère et flatteuse, que je remplirai consciencieusement et avec bonheur.

Quelques-uns de vos morceaux me paraissant mous et paresseux à l'excès, avec votre permission et dans votre intérêt je les supprime; d'autres très-jeunes, et par cela même trop peu réfléchis, méritent conseil et correction; d'autres enfin, et c'est le plus grand nombre, sont à l'abri de tout reproche : ils parlent au cœur, qu'ils émeuvent et captivent, et qu'ils savent parfois remplir de larmes. Votre style, toujours doux et facile, et parfois entraînant et sublime, est souvent revêtu de fleurs fraiches et pleines d'un suave parfum.

Courage et persévérance, Monsieur. Que les déceptions qui pourront entraver vos pas ne vous soient en rien d'invincibles obstacles. Ne vous laissez point abattre ; tôt ou tard, la réussite doit couronner vos efforts de succès. Puissent vos poésies, pures et pieuses comme la pensée qui les mit au jour, trouver en tous lieux le touchant intérêt et la vive sympathie que sous tous les rapports elle commande.

Votre très–affectionné serviteur,

ALPHONSE DE LAMARTINE.

Paris, 28 Juillet 1856.

A MONSIEUR CLOVIS BESSON, A BORDEAUX.

Monsieur,

Pour la troisième fois, j'achève la lecture du petit manuscrit poétique dont vous avez bien voulu me faire part, et je mets à l'instant même la main à la plume pour vous dire les sympathiques impressions que j'ai éprouvées en l'examinant.

Si je passais en revue vos pièces une à une, je vous adresserais, pour le plus grand nombre, des éloges aussi mérités que sincères, et, pour quelques autres, des observations et même des reproches aussi francs que justes.

Mais, dans l'intérêt de mes occupations pressantes et nombreuses, je dois les envisager dans leur ensemble.

Monsieur, vos poésies, qui m'ont fait un sensible plaisir et inspiré une foule de touchantes réflexions sur la sagesse de Dieu dont la main vous a béni d'une manière aussi visible, vos poésies, dis-je, m'ont paru quelque peu monotones et marquées d'un sceau de jeunesse qu'expliquent votre âge et la vie égale et paisible que vous avez menée jusqu'à ce jour dans l'étonnante école d'où vous sortez. J'y ai trouvé quelques répétitions, et des expressions qui pourraient, je crois, facilement se remplacer.

Votre style, d'un naturel aimable, plaît autant par son harmonie que par son élégance; il est simple et quelquefois sublime, suivant que le demandent les sujets.

Vos images, parfois orientales et souvent hardies, se montrent le front paré de grâce et de fraîcheur.

Une âme aimante et tendre, un cœur brûlant, avide et facile à comprendre, que vous avez reçus du Ciel, comme le dit, dans un de vos plus jolis morceaux : « Une bouche amie et aimée. » — Voilà ce qui parle encore à haute voix en votre faveur.

J'espère, Monsieur, que la satisfaction que j'ai ressentie en parcourant vos *Essais poétiques* sera partagée du public qui vous lira, regrettant comme moi les rudes entraves qu'impose à votre talent précoce votre position attachante et malheureuse.

Agréez l'assurance de ma parfaite considération.

Marquis DE B***.

Paris, le 25 Octobre 1854.

ACADÉMIE IMPÉRIALE

DES

SCIENCES, BELLES-LETTRES ET ARTS

DE BORDEAUX.

———

Hôtel de l'Académie,

Rue Saint-Dominique, 1.

Bordeaux, le 10 Août 1855.

Je vous suis bien reconnaissant, Monsieur, de l'aimable attention que vous avez eue de m'envoyer le recueil de vos *Essais poétiques*. J'ai lu et relu vos vers avec un vif intérêt, parce que le tout en est généralement gracieux et facile, le style souvent imagé et la pensée toujours pieuse et pure; il y a quelques négligences, sans doute, et certaines pièces peuvent même paraître un peu faibles, mais les beautés dominent, et ce m'est à la fois un sujet d'étonnement et d'admiration que vous ayez pu si magnifiquement suppléer par les yeux de l'intelligence à l'organe dont vous avez le malheur d'être privé.

La Providence est grande et réparatrice, Monsieur, et vous êtes une preuve vivante que la douceur de ses consolations peut corriger les amertumes du sort et les cruelles erreurs de la nature.

Continuez, Monsieur, à aimer Dieu et à cultiver les lettres; c'est un sûr moyen de jouir de l'estime de vous-même et de conquérir toutes les sympathies des gens d'esprit et des gens de cœur.

Je suis bien sincèrement, Monsieur, votre dévoué et affectionné serviteur.

Le Président de l'Académie Impériale,

M.is DE BOURDILLON.

HOTEL DE L'ACADÉMIE,

rue St-Dominique, 1.

ACADÉMIE IMPÉRIALE

DES SCIENCES, BELLES-LETTRES ET ARTS
de Bordeaux.

Bordeaux, le 10 Août 1855.

Le Secrétaire-général à Monsieur CLOVIS BESSON.

MONSIEUR,

L'Académie a reçu les *Essais poétiques* que vous avez bien voulu lui adresser, et elle a entendu avec intérêt le compte qu'elle s'en est fait rendre par une Commission spéciale. La Compagnie me charge de vous transmettre ses remercîments pour l'envoi de votre œuvre qu'elle considère comme le présage de justes succès; elle l'a fait déposer dans ses archives.

J'ai l'honneur d'être,

Monsieur,

Votre très-obéissant serviteur,

G.-J. DURAND.

NOTICE HISTORIQUE.

NOTICE HISTORIQUE

SUR

L'INSTITUTION DES JEUNES-AVEUGLES.

Près d'un siècle s'est écoulé depuis le jour heureux et mémorable où Valentin HAÜY s'arrêta devant un jeune aveugle de 16 à 18 ans (Lesueur), qui sollicitait la charité publique à la porte d'une des principales églises de Paris, pendant le cours d'une cérémonie religieuse.

Haüy n'était pas riche, mais il était si bon et trouvait tant de jouissances à faire le bien, que toujours sa main gauche ignorait ce que sa droite avait donné.

La cloche annonça la fin de l'office : la foule des
fidèles sortit du lieu saint et se dispersa. Haüy, qui
se tenait à l'écart et qui paraissait absorbé dans de
profondes réflexions, s'avança alors vers l'infortuné,
prit sa main dans la sienne, et lui dit avec bonté :

« Mon ami, si quelqu'un vous promettait de vous
« instruire, vous sentiriez-vous assez de courage et
« de persévérance pour vaincre les difficultés de
« votre position ?

— « Ah ! Monsieur, le zèle ne me ferait point
« défaut, mais je suis aveugle ! répondit le jeune
« homme, dont les yeux se remplirent de larmes,
« et dont la figure rayonnait de bonheur.

— « Je le sais, répliqua Haüy ; suivez-moi : je me
« charge de votre éducation. »

A quelques jours de là, Lesueur savait lire ; son
maître s'était servi de caractères en relief, semblables aux caractères d'imprimerie, dont il avait fait
apprécier les différentes formes à ses doigts devenus
ses yeux. Ainsi s'est accompli cette parole de

l'Évangile : « Les aveugles verront. » Dieu puissant! tu as enfin brisé le sceau d'airain qui retenait
captive la pensée de ceux que ta sagesse avait privés
de la vue. La lumière est sortie des ténèbres qui la
voilaient! Merci, mon Dieu, merci!

Les succès de Lesueur ont amené successivement
trois, sept et quinze enfants, auxquels le de l'Épée
des aveugles enseigne les diverses branches des
connaissances humaines. Ces nouveaux élèves exer-
cent encore avec habileté plusieurs travaux manuels, et des musiciens distingués leur donnent de
gratuites et fructueuses leçons.

Le nom d'Haüy vole de bouche en bouche;
Necker l'a retenu. La cour de Louis XVI, et cet
excellent prince lui-même, désirent voir de leurs
propres yeux ce qu'ils ont entendu dire d'Haüy et
de ses enfants qui, d'après un ordre de Sa Majesté
se rendent à Versailles, où la Famille Royale et la
Cour leur font le plus sympathique accueil. Une
expérience scientifique et musicale ayant eu lieu
devant l'auguste assemblée, les élèves et le maître

se retirent, après avoir recueilli les témoignages de la plus vive satisfaction et reçu du roi la promesse de vingt mille francs de subvention annuelle.

Haüy est heureux! Il n'ira plus désormais, comme un second Vincent-de-Paul, demander à la charité publique le pain qui doit nourrir ses enfants adoptifs.

La paix et le bonheur sont, pendant quelques années, le partage de l'Institution des Jeunes-Aveugles; mais l'œuvre d'Haüy n'est point épargnée par l'hydre révolutionnaire, et ces pauvres enfants, devenus esclaves des bourreaux de la France, leur noble patrie, sont les coryphées des fêtes absurdes et dégradantes qu'inventent tour à tour la démence et l'hypocrisie.

Laissons toutefois loin de nous ce théâtre d'horreur, où tant de crimes sont commis, tant de vertus sublimes offertes en sacrifice à l'orgueil et à la vengeance, et reposons-nous quelques instants à l'ombre du pouvoir directorial.

Les aveugles sont de nouveau réunis sous les lois paternelles d'Haüy; mais un autre orage éclate : le Directoire n'est plus, et le bienfaiteur des victimes de la cécité, obligé de quitter la France dont l'air est trop pesant pour lui, va fonder en Russie un établissement analogue à celui dont il a doté son pays.

Une fois encore, les aveugles sont abandonnés à eux-mêmes. Que vont-ils devenir? Hélas! dans son incompréhensible sagesse, le 1er Consul veut qu'ils soient incorporés à la Maison des Quinze-Vingts, hospice créé par saint Louis, pour servir de refuge aux aveugles âgés. Là, l'oisiveté devint leur partage.

Mais l'Empire n'est plus; Louis XVIII occupe le trône et se souvient des aveugles, qui sont séparés des Quinze-Vingts et confiés aux soins du docteur Guillet. C'est à cette époque que revenu de Russie, couronné de nouveaux lauriers, Haüy reçoit de ses enfants les plus affectueuses caresses et les plus vifs témoignages de reconnaissance, au sein d'une cérémonie publique donnée en son honneur.

Quelques jours plus tard, le deuil et la désolation régnaient dans l'Institution des Jeunes-Aveugles, Haüy venait de quitter la terre, pour aller prendre au Ciel possession de la couronne que Dieu destine aux cœurs bienfaisants.

Au docteur Guillet succède le docteur Pigner. Sous ces deux directeurs, l'Institution s'accroît considérablement et fait d'immenses progrès.

Deux aveugles vraiment distingués que nous avons eu le précieux avantage de connaître, et qui sont depuis peu descendus au tombeau, méritent que leurs noms soient connus du public. L'Institution, après les avoir admirés au rang de ses élèves, les a longtemps chéris comme ses professeurs, et pleurés à leur mort comme ses plus fermes appuis; car, à tous les deux, elle doit amour et reconnaissance.

Le premier, Louis Braille, est l'inventeur de l'ingénieux système d'écriture en points saillants, qui permét aux aveugles de faire des compositions littéraires et orthographiques qu'ils peuvent facilement se communiquer. Nous devons dire ici qu'avant Louis Braille, M. Barbier avait découvert le système en points; mais les changements que le premier apporta dans l'application de ce mode d'écriture, nous dirons même dans sa composition, nous autorisent à lui en attribuer presque tout le mérite. Non content d'avoir mis ses compagnons d'infortune à même de se lire, Louis Braille voulut encore qu'ils fussent lus par les clairvoyants; et après de longues et pénibles recherches, et grâces aux merveilleux talents mécaniques de M. Foucauld, il les a doté d'une machine au moyen de laquelle ils écrivent pour les yeux.

Le second, Gabriel Gauthier, est auteur d'un Traité complet d'Harmonie, très-estimé et très-répandu, et d'un grand nombre de Messes et autres morceaux religieux d'un rare mérite. C'est à lui que l'Institution est redevable de son excellente école d'orgue, d'où partent chaque année de jeunes artistes qui vont se placer dans nos églises de France.

Un troisième, qui nous est personnellement inconnu, Penjon, vient d'obtenir sa retraite et la croix

d'Officier de la Légion-d'Honneur, après avoir pro-
fessé glorieusement, pendant vingt-sept ans, les
hautes Mathématiques, dans le Lycée impérial d'An-
gers.

Nous pourrions mentionner une foule d'autres
aveugles qui se sont distingués, mais nous faisons
une esquisse de l'histoire de l'Institution et non
l'éloge des sujets qu'elle a produits.

En 1840, le docteur Pigner, mis en retraite, eut
pour successeur M. Dufau, l'un des plus méritants
de nos compatriotes, qui, depuis quinze ans, conduit l'Institution dans la voie du progrès, en com-
battant, dans des écrits couronnés par l'Académie
Française, les nombreux préjugés qui escortent
partout la cécité, en tenant d'une main ferme les
rênes de la Maison commise à sa garde et à ses
soins paternels.

Nous avons l'espoir fondé que le département de
la Gironde, où se trouvent plus de 600 aveugles,
tendra la main à ceux de ses enfants qui sont, par

leur âge, le plus susceptibles d'être instruits, en ouvrant, dans notre belle ville de Bordeaux, une école où ils se donneront rendez-vous. Nous avons aussi la douce persuasion que le Gouvernement protégera cette œuvre, et que de leur côté, les départements limitrophes créeront des bourses ; et puis la sympathie publique étant acquise à ce nouvel Établissement, il viendra puiser ses ressources dans les trésors intarissables de vos cœurs toujours ouverts à la souffrance.

(Ce morceau fut lu dans une séance publique donnée à Bordeaux.)

LOISIRS LITTÉRAIRES.

A MM. ALLARD FILS, NOTAIRE A ROCHEFORT,

ET

DILLARD (AUGUSTE) OFFICIER AU 3me HUSSARDS.

ESSAI CRITIQUE.

Ne condamnons jamais autrui
Sans parfaitement le connaître,
Et gardons-nous de voir en lui
Des vices que nous faisons naître;
Agissons toujours prudemment,
Et, plus que tout, craignons de faire
Le moindre petit jugement
Digne du nom de téméraire.

Mais on lit dans nombreux auteurs,
Que chez nous la mode est venue
D'établir propos corrupteurs
La phrase la plus ingénue.
Avez-vous modeste regard?
Parlez-vous un simple langage?
De suite, on vous dit en retard,
On vous montre au doigt au passage.
Foule d'écrits disent encor :
Que la belle et noble franchise,
Aux yeux de notre siècle d'or,
N'a pas la valeur d'une prise.
Soyez franc, vous êtes jugé
L'être le plus insupportable;
Soyez faux, vous êtes logé
A l'hôtel de l'homme honorable.
Voulez-vous bien vous faire voir
De tout ce qui vous environne?
Sachez vous montrer blanc ou noir,
Suivant que l'intérêt l'ordonne,

Et voilà quels sont les progrès
Du siècle de gloire où nous sommes.
Ah! plus aujourd'hui que jamais,
En les aimant, plaignons les hommes.

Voulez-vous avoir des amis?
Ayez toujours bourse bien pleine!
Et l'espoir vous sera permis
De vivre à l'abri de la haine:
Partout on vous accueillera
Avec de joyeux chants de fête,
Et des jardins on cueillera
Les fleurs pour orner votre tête;
Vous verrez du matin au soir,
En l'honneur de votre richesse,
Fumer l'enivrant encensoir
Qu'allume pour vous la bassesse.

Mais de vos trésors, quelque jour,
Si le malheur tarit la source,
Payant vos bienfaits de retour,
Vos amis ouvriront leur bourse!
Non; comme au souffle des hivers,
Nous délaissent les hirondelles,
Quand sur vous fondront les revers,
Pour vous fuir, ils auront des ailes.
Leur montrez-vous dans le passé
Votre généreuse opulence?
Son souvenir s'est effacé
A l'aspect de votre indigence.
Jadis, on vous riait des yeux,
On vous parlait avec aisance,
Maintenant, on est soucieux,
On se tait en votre présence.
Trouvez-vous sur votre chemin
Un frère de votre jeune âge?
Vous regardant avec dédain,
Il vous dit de prendre courage;

Un autre qui vous voit venir
Vous offre ses vœux bien sincères;
Il voudrait vous entretenir,
Mais il se rend à ses affaires.
Et voilà pourtant les progrès
Du siècle de gloire où nous sommes.
Ah! plus aujourd'húi que jamais,
En les aimant, plaignons les hommes.

De toute part, au poids de l'or,
On voit se racheter le crime,
Et pour qui possède un trésor,
On sent en soi naître l'estime.
Partout, des masques et du fard
On voit l'active concurrence;
Sous les caresses, le poignard,
Le désespoir dans l'espérance.

L'amitié n'est plus de saison ;

Lois, vertus, sont des mots superbes,

Dont se rit la vieille raison.

De nos philosophes imberbes,

Sans trouble, ainsi que sans émoi,

Savoir changer sa conscience,

En se disant de bonne foi;

Du monde, telle est la science.

Tout en admirant les progrès

Du temps glorieux où nous sommes,

Bien plus aujourd'hui que jamais,

En les aimant, plaignons les hommes.

Il n'est pas, dit-on, très-prudent

Et d'une bonne politique,

De se montrer indépendant,

Même quand on se fait critique.

Mais, avant tout, la vérité,

Sans voile, au jour doit être mise,

Et jamais la sincérité

A rien ne doit être soumise

Voilà pourquoi je viens, sans peur,

De m'attirer votre disgrâce,

Vous dire combien est trompeur,

Le monde qui sous vos yeux passe.

Je vous connais le cœur trop droit,

Je vous sais l'âme trop parfaite,

Pour n'avoir pas donné bon droit

A cette ébauche que j'ai faite.

Moi, je ne puis dissimuler,

Et je trouve ma jouissance

A toujours agir et parler,

Sans réserve, comme je pense.

QUATRAINS.

A MADEMOISELLE MALVINA.

Avec l'hommage de ses fleurs
Qui trop vite seront passées,
Agréez celui de nos cœurs
Et de nos plus chères pensées.

Charmant Domino noir
Dont la voix est si tendre,
Combien j'aime à t'entendre;
Que je voudrais te voir !

FRAGMENTS.

Ange dont la voix si touchante
A pour moi la douceur du miel,
Rose dont le parfum m'enchante,
Près de vous je me crois au Ciel.
Vous aimer de toute mon âme,
Toujours vous porter dans mon cœur,
Vous dire ma constante flamme;
Voilà ce qui fait mon bonheur.

Pour moi, votre bouche vermeille
Prononce-t-elle un mot d'amour,
Je suis joyeux comme l'abeille
Aux premiers rayons d'un beau jour.
Si parfois mon âme est flétrie,
Vous êtes là pour me charmer;
Ange si doux, je vous en prie,
Laissez-moi toujours vous aimer.

Toutes les nuits ta douce image,
Dans un beau rêve me sourit;
De celui que mon cœur chérit,
Si ce n'était de ton jeune âge,
Enfant, en toi je croirai voir
Les traits comme dans un miroir.

Si le Ciel me faisait la grâce
D'avoir au fond de votre cœur

Une toute petite place,
Rien n'égalerait mon bonheur.

Si de votre bouche où respire
La rose au parfum séducteur,
Mes vers méritaient un sourire,
Rien n'égalerait mon bonheur.

Si vous vouliez me laisser prendre,
Sur votre visage enchanteur,
De tous les baisers le plus tendre,
Rien n'égalerait mon bonheur.

———

CANTATE.

PREMIER CHŒUR.

Des oiseaux le doux ramage
Ne charme plus le bocage;
On n'entend que le bruit
Du ruisseau qui s'enfuit.
Chantons : Voici la nuit.

PREMIER SOLO.

De la rose vermeille
Que caresse l'abeille,

Les parfums odorants
Viennent charmer mes sens.
Du berger la musette
Dans le lointain répète
Les gais et joyeux sons
De ses douces chansons.

DEUXIÈME CHŒUR.

Des oiseaux le doux ramage
Ne charme plus le bocage ;
On n'entend que le bruit
Du ruisseau qui s'enfuit.
Chantons : Voici la nuit.
La nuit silencieuse,
La nuit mystérieuse ;
On n'entend que le bruit
Du ruisseau qui s'enfuit.
Chantons : Voici la nuit.

DEUXIÈME SOLO.

O Reine des étoiles,

Astre majestueux,

Viens, dissipe les voiles

Qui nous cachent les Cieux.

Des nuits, blanche courrière,

Sur ton char argenté,

Viens, répands sur la terre

Ta tremblante clarté.

TROISIÈME CHOEUR.

Amis, dans la campagne,

Tout est sombre et sans bruit;

Là-bas, sur la montagne,

L'étoile du soir luit.

Chantons : Voici la nuit.

La nuit silencieuse,

La nuit mystérieuse;

L'étoile du soir luit.

Chantons : Voici la nuit.

TROISIÈME SOLO.

Arrêtons-nous dans ce riant bocage,
Et respirons l'haleine du printemps;
Du rossignol caché sous le feuillage,
Du rossignol écoutons les doux chants.
Arrêtons-nous dans ce lieu solitaire,
Attendons-y le gai réveil du jour;
Le Ciel est pur et la brise légère,
De ses baisers rafraîchit ce séjour.

QUATRIÈME CHŒUR.

Amis, dans la campagne,
Tout, etc.

A MONSIEUR THIAC, NOTAIRE A PARIS.

Aux vents capricieux du sort,
Sans crainte je livre ma voile,
Puisque j'ai votre cœur pour port
Et votre amitié pour étoile.
Les flots en vain grondent sous moi,
En vain le Ciel s'enflamme et tonne,
Mon âme reste sans émoi,
Leur fureur n'a rien qui m'étonne.
Des envieux au cœur jaloux,
Je méprise le noir langage;
Plus acharnés seront leurs coups,
Plus puissant sera mon courage.

———

DISCOURS

SUR LES AVEUGLES.

Messieurs,

Permettez-moi de vous entretenir quelques instants de la position déplorable des aveugles abandonnés à eux-mêmes et privés de l'instruction, cette
source féconde des consolations les plus touchantes.
Laissez-moi vous les montrer, ces pauvres parias de

la nature, traînant avec désespoir les chaînes qui les attachent à la vie, et remplissant de pleurs et leurs nuits et leurs jours. Puis, prenant par la main l'un de ces infortunés, esclave de l'ignorance, laissez-moi le conduire dans les arides sentiers de l'étude, écartant de ses pas les écueils qu'il pourrait rencontrer, l'animant de notre courage, et l'aidant à triompher des obstacles qui entraveraient sa marche. Il atteindra le but sans s'en apercevoir, et vous le verrez alors verser des larmes de joie et adresser au Seigneur son hymne de reconnaissance.

Je pourrais placer ici sous vos yeux le tableau des misères humaines; mais je craindrais trop de vous attrister, et je préfère vous rendre heureux et vous dire les miracles qu'ont opéré quelques-uns de ces génies bienfaisants que de temps à autre Dieu donne à la terre, pour être les étoiles du malheur. Je vais donc, en peu de mots, rappeler à votre souvenir les bienfaits de ces hommes généreux qui, tenant d'une main le flambeau de la Science et de l'autre, celui de la Charité, sont devenus l'orgueil de leur pays.

Le cœur de Vincent-de-Paul se brise à la vue de ces pauvres enfants que ne doit jamais caresser l'amour maternel ; et, grâce à ses efforts, des établissements sont ouverts pour les recueillir, et des filles du Ciel, connues sous le nom de Sœurs de la Charité, les élèvent avec soin. Louis XIV veut qu'une existence heureuse et paisible soit assurée à ceux des défenseurs de la patrie dont les glaces de l'âge ont paralysé les forces, ou que les combats ont rendus inhabiles au travail ; et par son ordre, s'est élevé l'Hôtel des Invalides, où sont aujourd'hui réunis plus de 5,000 braves, débris vivants de nos gloires militaires.

Le temps était venu, Messieurs, où devaient s'accomplir ces étonnantes paroles de l'Évangile : « Les sourds entendront ; les muets parleront. » Quel sera l'instrument de ce prodige ? C'est un ministre des

Autels; c'est l'abbé de l'Épée. Mais l'Écriture-Sainte avait dit également : « Les aveugles verront! » Oui, Seigneur, dans ta paternelle bonté, tu as dissipé les ténèbres; et la plus grande de toutes les infortunes a trouvé dans Haüy un généreux soutien! Les pauvres déshérités de la vue sont, par lui, rendus à la Société qui jusqu'à ce jour les avait repoussés de son sein, comme indignes d'y occuper la moindre place; réhabilités aux yeux de leurs semblables, ils vont par des succès éclatants combattre et dissiper les préjugés qui partout les escortent. Si nous songeons aux immenses résultats obtenus qui font marcher, pour ne pas dire courir, infatigables et sans haltes, dans le courant social, ceux que la nature semblait en avoir exclus pour jamais; ne sommes-nous pas tentés de croire que les hommes généreux et dévoués auxquels ils sont dûs, inspirés d'un pouvoir divin, ont pu leur dire, en les arrachant à l'ignorance dans laquelle ils étaient ensevelis, ce que dit Jésus en ressuscitant Lazare : « Levez-vous, et suivez-moi. »

Vous le savez, Messieurs, l'œuvre d'Haüy fut
longtemps en proie aux orages et aux tempêtes so-
ciaux ; elle tombe, se relève, tombe encore, pour
se relever de nouveau et acquérir ce degré de splendeur qu'elle a de nos jours, et qui lui permet de
recevoir dans son sein 200 élèves des deux sexes,
nombre bien insuffisant d'élus, si nous songeons que
la France compte près de 40,000 aveugles. Eh !
lorsque tant d'infortunés ressentent le besoin de
s'instruire, et que de toutes parts leurs voix s'élèvent pour demander appui, quelques-unes de nos
grandes et riches cités ne tendront-elles pas une
main secourable à ceux de leurs enfants si cruelle-
ment traités par le sort ! Cet honneur appartiendra-t-il
à Paris seulement ? Est-il interdit aux autres villes de
faire du bien et de venir en aide aux aveugles ? Non,
Messieurs, les champs de la bienfaisance sont libres
et sans bornes ; chacun peut y semer, comme aussi
chacun peut y faire la moisson. Le département de
la Gironde renferme plus de 600 aveugles, dont
plusieurs sont bien certainement susceptibles d'ins-

truction. A notre belle et charitable cité de Bordeaux, si fertile en établissements de bienfaisance, n'appartient-il pas d'ouvrir dans son sein une école où ils se donneront rendez-vous ? Oui, nous avons la consolante et ferme conviction que Bordeaux, qui sait s'imposer des sacrifices quand il s'agit de faire de nobles et utiles choses, ajoutera à ses nombreuses gloires celle de propager l'œuvre d'Haüy. Le zèle de ses autorités généreuses et véritablement éclairées, la bienfaisance active de ses habitants dont les cœurs savent s'ouvrir à l'infortune et la main donner avec transport quand il s'agit et d'essuyer des larmes et de calmer des douleurs, nous sont des gages certains de réussite.

Mais, direz-vous peut-être, une telle entreprise demande des sacrifices énormes ? Détrompez-vous ; suivant les conseils de personnes véritablement avides d'être utiles et de faire le bien, afin d'avoir le plus promptement possible les sommes qui seront les bases premières de l'Établissement d'Aveugles à

Bordeaux, il serait à désirer que des listes de sous-
criptions fussent ouvertes, non-seulement dans le
département de la Gironde, mais dans ses limitrophes, dont l'honneur et les intérêts sont engagés
aussi dans l'accomplissement de cette œuvre véritablement admirable et sérieusement utile.

A part ces premiers dons, les départements pourraient créer des bourses; d'un autre côté, le Gouvernement ne restera pas en arrière et secondera
les vues de notre bon Cardinal, qui voudra bien
sourire aux vœux de vos cœurs et se déclarer le
père de ce nouvel enfant que désire et doit bientôt
mettre au jour votre féconde charité.

ÉPITRE.

A MADAME LA COMTESSE DUCHATEL

ET

A MONSIEUR DUFFOUR–DUBERGIER.

Vous, qu'une sage Providence
Donne pour étoile au malheur,
Qui des champs de la bienfaisance
Aimez à moissonner les fleurs;
Vous, en qui les nobles pensées
Trouvent un appui généreux,
Qui séchez les larmes versées
Et dont la main fait des heureux,

Daignez accorder un sourire,

Et d'indulgence et de faveur,

A cet hommage de ma lyre,

Écho fidèle de mon cœur.

On dit que jamais la souffrance

Chez vous ne trouve froid accueil,

Que les parfums de l'espérance

Se respirent à votre seuil.

On dit encore, et je répète,

Cette louange avec bonheur,

Que de la charité discrète

L'ange habite dans votre cœur.

Que vous êtes la bonté même,

Et que votre orgueil, ici–bas,

Est de vouloir que l'on vous aime,

Partout où se portent vos pas.

Heureux celui qui voit sa vie,

Dans le bien promener son cours,

Et dont le Séraphin envie

Les rêves d'or et les beaux jours.

Puisque votre riche tendresse,
Sur tous les maux verse le miel,
De venir à vous je m'empresse,
Inspiré par la voix du Ciel,
Sept fois, j'avais vu de ma vie,
S'ouvrir et se faner les fleurs,
Quand la lumière fut ravie
A mes yeux, dès-lors pleins de pleurs.
Je ne vis plus sous les charmilles
Voltiger les petits oiseaux,
Ni les folâtres jeunes filles
Se jouer au sein des roseaux.
L'étoile n'eut plus le sourire,
Flambeau du voyageur errant,
La rose, au souffle de Zéphire,
Ne s'inclina plus en pleurant.
Je devins sombre et solitaire;
De mon cœur s'en fut la gaîté,
Et sous les voiles du mystère,
Tout s'offrit à ma cécité.

Mais le baume a suivi le glaive,

Plus de regrets, plus de douleurs,

Un nouveau jour pour moi se lève,

Je ne dois plus verser de pleurs.

Un bon ange de bienfaisance,

Qui se trouve sur mon chemin,

Se sent touché de ma souffrance,

Et prenant ma main dans sa main,

Il me conduit dans un asile,

Où sous mes doigts s'accompliront,

Ces paroles de l'Évangile :

« Un jour, les aveugles verront. »

Et j'ai vu mon intelligence

S'ouvrir des trésors précieux,

Et j'ai goûté de la science,

Les fruits les plus délicieux.

Et j'ai vu s'enfuir ma tristesse

Aux doux accents de l'amitié,

Et pour moi j'ai vu la tendresse

Combattre et vaincre la pitié.

O ! combien je trouvais de charmes
Dans vos suaves entretiens,
Amis qui partagiez mes larmes
Et dont les vœux étaient les miens.
Mais une pénible pensée,
A ces souvenirs de bonheur,
D'une chère époque passée,
Vient hélas! mêler la douleur.
Quand dans notre pays de France,
Plus de vingt mille infortunés
Au char que guide l'ignorance
Gémissent encore enchaînés.
Il n'est pas d'écho qui réponde
Aux justes cris de leurs douleurs,
Il n'est pas de cœur dans le monde
Qui puisse comprendre leurs cœurs,
Souffrirons-nous donc que l'histoire
Raconte à la postérité,
Qu'à Paris seul revient la gloire
De combattre la cécité.

Non, j'entends une voix qui crie :
Rendons à la paix, à l'amour,
A l'espérance, à la patrie,
Ceux que n'éclaire pas le jour.
Ouvrant nos cœurs à la souffrance,
Marchons sur les traces d'Haüy,
Que le don qu'il fit à la France
A Bordeaux soit fait aujourd'hui.
Suivant Paris dans la carrière,
Aux aveugles tendons la main,
Que des préjugés, la barrière,
Partout, croule sur leur chemin.
Marchons en dépit des obstacles,
Les lauriers sont fils des combats,
La Charité fait des miracles,
Marchons, elle guide nos pas.

POUR LES PAUVRES.

Vous, qui vivez dans l'opulence,
Vous, qu'a favorisé le Ciel,
Sur ceux que brise la souffrance,
Répandez le baume et le miel.
De tous les biens que Dieu vous donne,
Les pauvres ne sont pas jaloux,
Ils auront au Ciel la couronne,
Donnez, elle est aussi pour vous.
Sur le seuil de votre demeure,
Lorsque l'hiver se fait sentir.

Si quelquefois un pauvre pleure,
Ah! ne le laissez pas souffrir,
En lui, de Dieu voyez l'image,
Riches, rendez son sort plus doux,
Donnez, il reprendra courage,
Donnez, il priera Dieu pour vous.
Aux malheureux que l'âge incline,
Ouvrez vos palais brillants d'or,
Pour la veuve, pour l'orpheline,
Dîmez, dîmez votre trésor,
Tout ce que sur la terre on donne,
Le bon Dieu dans le Ciel le rend :
Riches, souvent faites l'aumône,
Au Ciel, la palme vous attend.

CHARITÉ RÉCOMPENSÉE.

A MONSIEUR DE LA ROUSSELIÈRE,

SOUS-PRÉFET A ROCHEFORT.

Les habitants de Cornouailles, en Bretagne, ont conservé le souvenir d'un vieillard, vannier et pêcheur de son état, descendu, depuis près d'un siècle, dans le tombeau.

Ivon était le nom du héros de cette histoire; Ivon, dis-je, naquit l'an 1672, de parents pauvres mais estimés et honorés de toutes les personnes avec lesquelles ils étaient en rapport, comme le prouve le souvenir heureux qu'on a de leur mémoire.

4

Ivon, doué d'un grand courage et d'une forte santé, travaillait nuit et jour, soit à ses filets, soit à ses paniers, pour fournir aux besoins de sa maison et pour venir en aide aux pauvres qui souvent visitaient son seuil, et auxquels il donnait bien des fois plus que de grands seigneurs.

Un jour, un homme dont la figure replète n'annonçait pas la souffrance, mais dont les habits déchirés n'indiquaient pas non plus la richesse, frappait à la porte du charitable vannier qui, en ce moment, chantait à gorge déployée une vieille légende en l'honneur de son pays, et le priait de vouloir bieu lui donner une paire de mauvais souliers ; car les siens étant troués, il ne pouvait que très-difficilement marcher sur les routes semées de cailloux qu'il avait à parcourir pour arriver au terme de son voyage. Après avoir écouté cette demande, Ivon sourit, et se tournant vers sa femme, lui dit : Martha ! combien te reste-t-il de la vente de nos paniers et de nos poissons ? Hélas ! répartit la pauvre femme, la valeur de dix francs, je crois, ce qui n'est pas beaucoup, puisque demain il nous en faut vingt-cinq pour payer tes droits de pêche! Morbleu, répartit le bonhomme, en regardant avec bonté celui qui réclamait son secours ; morbleu, l'argent n'abonde pas chez nous, mais, quoi qu'il en soit, vous ne vous en irez pas sans souliers. En achevant ces mots, il se dirigea vers un petit meuble, y prit une cassette, l'ouvrit, et en sortit les dix francs qui faisaient toute sa fortune, les remit à son hôte en lui disant : Je voudrais faire davantage pour vous, mais mes moyens ne me le permettent pas. Gardez la moitié de cette somme, répartit le mendiant, l'autre moitié me suffira. Non, non, gardez tout, répliqua le vieux pêcheur, qui chanta ce refrain :

« Le pauvre qu'on accueille avec joie,
« Porte bonheur à la maison. »

Ah ! dit le vieillard, interrompant tout-à-coup sa chanson à peine commencée, ce bonheur devrait bien être mon partage ; mais après tout, pourquoi me plaindrais-je ? J'ai des filets, Dieu merci, les poissons n'ont pas encore tous quitté la rivière pour frire dans la poële; mes paniers jouissent d'une assez bonne réputation ; avec tout cela , je ne puis manquer d'être riche un jour.

Pendant ce petit discours, les yeux de l'étranger étaient restés fixés sur cet homme charitable qui s'était dépouillé de si bonne grâce de son dernier sou, débouchait, en son honneur, un cruchon de cidre, et sortait de son garde-manger un magnifique fromage de chèvre et des fruits secs qu'il lui remit avec un énorme morceau de pain noir cuit de la veille.

Je vous remercie, dit l'étranger, en mettant dans un sac ses provisions ; vous êtes un digne homme, et je fais des vœux ardents pour que les paroles de votre refrain soient accomplies en votre faveur, ce qui ne sera que juste. Après quoi il sortit, faisant un profond salut au bon pêcheur et à sa femme, tout joyeux d'avoir encore une fois pu soulager le malheur.

A peine une année s'était écoulée depuis que l'évènement que nous venons de raconter avait eu lieu, qu'un soir un riche carrosse s'arrêtait devant la porte du vieux pêcheur. C'est bien ici que demeure le sieur Ivon, demanda un domestique richement vêtu. Oui, Monseigneur, répondit la vieille femme en faisant à l'étranger une profonde révérence qu'elle répéta plus d'une fois pendant sa réponse; oui, Monseigneur, c'est ici; oui, Monseigneur, c'est ici; mais vous tombez bien mal : mon homme est absent pour deux minutes seulement, et sa main décharnée présentait à l'étranger une chaise que la vieillesse avait dépourvue d'une partie de sa paille. Il est absent : on est venu lui dire tout-à-l'heure que le gros Michel, un de ses amis, va être renfermé pour n'avoir pas payé ses droits de pêche, ce qui lui aurait été bien difficile ; car on dirait que depuis quinze jours les poissons se sont entendus pour ne pas se laisser prendre, et qu'ils savent les endroits où doivent se trouver ses filets. Si vous saviez combien ils sont méchants les ennemis de notre pauvre Michel ! Ils ont tout vendu chez lui : ses filets qui se sont donnés pour rien, ses outils, tout jusqu'à sa couchette, ce qui n'est pas permis pourtant, à ce que dit le père Mathurin, notre maître d'école et grand connaisseur en lois.

Et que peut faire votre mari pour ce malheureux voisin ? demanda une voix qui sortit du carrosse.

Ce qu'il peut faire ? c'est tout simple : il peut payer ce qu'il doit, le faire sortir de prison, et l'inviter à partager notre pain jusqu'à ce qu'il fasse bon plaisir à Dieu de lui en faire gagner. Le bruit d'une clé qui s'introduisit avec difficulté dans une serrure rouillée se fit entendre, et le vieux Ivon entra chez lui. Les misérables ! s'écrie-t-il en frappant fortement du pied un vieux coffre en ruine, les loups dévorants : ils voulaient le perdre ; mais moi je l'ai sauvé, grâces à Dieu.

Pendant que le bonhomme parlait, trois inconnus s'étaient glissés dans la chaumière ; l'un d'eux s'approcha du pêcheur, et lui dit :

« Le pauvre qu'on accueille avec joie,
  « Porte bonheur à la maison. »

A partir de ce jour, brave homme, vous toucherez quinze cents livres par an ; cette petite fortune est la récompense de la générosité que vous avez montrée à un riche seigneur des environs, qu'une dure nécessité avait contraint d'implorer l'assistance publique. En achevant ces mots, les anges bienfaiteurs des vieux pêcheurs bretons sortent de la chaumière pour se dérober à tous les remercîments qui certes n'auraient pas manqué de les assaillir.

Revenus de leur surprise, les bons vieillards se jetèrent aux pieds d'un crucifix suspendu près de leur lit, et versèrent d'abondantes larmes de joie et de reconnaissance.

A UN AMI.

Il est, parmi les jours que nous passons sur terre,
Des jours de douces joies et de tristesse amère,
Mais Clovis, tu le sais, comme le mien ton cœur
A déjà bu souvent, bien qu'au seuil de la vie,
La coupe des chagrins, même jusqu'à la lie,
Et rarement goûté le charme du bonheur :
Ainsi tu me parlais, ami, sous le vieux tremble
Où deux heures au moins nous restâmes ensemble :
L'air était frais et pur, il m'en souvient encore,

La courrière des nuits, au front des Cieux assise,

Versait sur les vallons, sa lueur indécise,

Les étoiles brillaient comme des lampes d'or,

Le rossignol mêlant sa voix plaintive et douce

Au murmure des eaux dans leur bassin de mousse,

Réjouissait les bois, les vergers d'alentour,

Et riche des parfums qu'à cent fleurs elle vole,

Dans le feuillage vert jouait la brise folle,

Et de ses frais baisers embaumait ce séjour.

Oh! que j'étais heureux, que j'aimais à t'entendre

Me parler d'êtres chers à ton cœur noble et tendre,

De Mathilde, trésor de grâces et d'amour,

Son âme sur ton âme avait un grand empire,

Dans chaque astre naissant tu voyais son sourire,

Tu souhaitais l'avoir pour ta compagne un jour,

Mathilde, elle, sans cesse, occupait ta pensée,

Dans chaque fleur des champs par Zéphir balancée

De ses lèvres, tes yeux admiraient la fraîcheur.

Dans la lune dont l'eau réfléchissait l'image,

Et qui de ses rayons argentait le nuage,

Tu voyais de ces traits le calme et la douceur,

Tu m'entretins aussi de deux amis sincères,

Qui de Mars, comme toi, suivent les lois sévères,

Olivier, Ferdinand, voilà leurs noms chéris :

La Bretagne, de l'un, salua la naissance,

L'autre reçut le jour sous le ciel de Provence,

Tous les deux comme toi sont de gloire nourris,

Trois ans par vous passés dans la brillante école

Qu'enfanta le héros d'Austerlitz et d'Arcole,

Virent de vos trois cœurs l'union se former.

Déjà six fois depuis, le cadran des années,

A vu vers leurs sommets ses aiguilles tourner,

Et jamais vous n'avez cessé de vous aimer.

Rien n'altèra jamais la noble sympathie

Par laquelle vos cœurs, vivent la même vie,

Et qui donne à votre âme une image du Ciel;

Qu'elle vous soit toujours douce dans la souffrance

Comme au pauvre captif son jour de délivrance,

Comme au petit enfant le blond rayon de miel.

Pour moi, je souhaitais une amitié si belle,

Quand ta voix, de ton cœur interprète fidèle,

Me dit que dans un court et premier entretien,

En moi, tu reconnus une âme aimante et tendre,

Un cœur brûlant, avide, et facile à comprendre,

Miroir limpide et pur où se voyait le tien.

D'un ami qui n'est plus je vois en toi l'image,

Son cœur était ton cœur, il serait de ton âge,

Il m'aimait tendrement, tu m'aimes comme lui.

Il séchait de mes yeux chaque larme versée;

J'aimais de son amour, je pensais sa pensée,

Il était mon conseil, il était mon appui.

Pour la cinquième fois la féconde nature,

De la main du printemps recevait sa parure,

Depuis le jour heureux qui vit nos cœurs s'unir

Déjà de l'âpre hiver, le souffle qui dévore,

Faisait place à Zéphir, dont l'aile fait éclore;

Tout par lui renaissait; seul, il devait mourir.

Oh! je le vois encore, dans son brûlant délire,

Sur ses lèvres, pour moi rappeler un sourire.

J'entends encore sa voix étouffée à demi;

Après l'avoir couvert des baisers de ma bouche,

Un instant je quittai le chevet de sa couche;

Je revins, ô Félix! je n'avais plus d'ami :

Mais je retrouve en toi comme un autre lui-même;

En frère je l'aimais, en frère aussi je t'aime.

Pour mon âme il n'est plus désormais de douleur,

Pour moi la vie encore a retrouvé des charmes,

J'aime, je suis aimé, pour mes yeux plus de larmes,

Maintenant, pure joie, ivresse pour mon cœur.

———

MÉLODIE.

J'aime à voir tes paupières closes,
S'ouvrir après un long sommeil,
Ainsi que des boutons de roses
Aux premiers rayons du soleil.
Dans mes rêves j'entends encor
Ta bouche murmurer des mots
Que dans son ivresse dévore
Mon cœur dont ils sont les échos.

Ton amour est ma vie,
Ton bonheur est le mien,

Enfant, au Ciel ravie,
Que mon sort soit le tien.

Parfois aussi sur mon visage,
Je sens tes lèvres se poser,
Ainsi la fleur dans le bocage
Sent de Zéphyr le doux baiser.
Dans tes yeux que vers moi tu penches,
Voilés d'une larme d'amour,
Je crois voir l'azur des pervenches,
Humide des larmes du jour.

Ton amour est ma vie,
Ton bonheur est le mien.
Enfant, au Ciel ravie,
Que mon sort soit le tien.

PARIS.

—

A MONSIEUR DUFAU,

EX-DIRECTEUR DE L'INSTITUTION DES JEUNES-AVEUGLES.

Paris, c'est un volcan, où sans cesse bouillonne,
Le flot dévastateur des révolutions,
C'est un champ où le vice abondamment moissonne,
C'est un repaire affreux de sourdes factions.
C'est un gouffre sans fonds où se plonge et s'abîme
Une jeunesse avide et folle de plaisirs,
Qui s'étourdit, s'aveugle, et s'abandonne au crime,
Sans étancher jamais la soif de ses désirs.

A peine elle a vidé la coupe enchanteresse,
Où s'unissent au miel des poisons dévorants,
Que son front tout—à—coup se charge de tristesse,
Que son visage est pâle et ses regards mourants.
Oh! que d'infortunés ont vu leurs·espérances,
Joncher en s'effeuillant le seuil de leurs tombeaux;
Que d'hommes abrutis dont les intelligences,
Au vent des passions ont éteint leurs flambeaux.

Jeunes gens qui vivez heureux dans vos campagnes,
Et vous qui respirez l'air fécond des montagnes,
N'abandonnez jamais vos champs, vos monts chéris;
Si d'un amour impur vous redoutez les flammes,
Si vous êtes jaloux de la paix de vos âmes,
     A tout jamais fuyez Paris.

Bien loin de se montrer orgueilleux et superbe,
Le serpent se retire et se cache sous l'herbe,

Pour mieux tromper sa proie et pour la mieux saisir.

A Paris, sous les traits de l'aimable innocence,

On séduit l'âge mûr comme la tendre enfance,

  Avec l'amorce du plaisir.

A Paris, la beauté se voit toujours flétrie,

Les vices ont leur sceau sur des fronts de quinze ans,

La rose est sans parfum avant d'être fleurie,

Mères, loin de Paris, gardez bien vos enfants.

PRIÈRE DE LA FRANCE,

Extrait du *Poème de la France et des deux Napoléon.*

————

Oh! toi, Père Éternel, qui du trône des Cieux,
Sur l'homme gémissant daigne jeter les yeux,
Toi, que celui qui souffre en vain jamais n'implore,
Dieu, tout-puissant et bon que l'Univers adore,
Prends en pitié les pleurs de mes yeux languissants,
De ma mourante voix, écoute ies accents.
Si tu plaignis jamais la douleur maternelle,
Oh! soulage le sort d'une pauvre mortelle.

Belle et fière jadis en ses jours triomphants,

Et que meurtrit hélas ! la main de ses enfants.

Ils ont chargé mes bras des fers de l'esclavage,

Ils déchirent mon sein dans leur aveugle rage,

Ils couvrent de leurs cris, le cri de mes douleurs,

Et par des cris amers répondent à mes pleurs.

Sur ces fils, mes bourreaux, j'appelle ta clémence,

Fais éclore, Seigneur, mon jour de délivrance.

Après l'horrible nuit, sur moi, dans ta bonté,

Fais luire l'astre pur de la prospérité.

Tu me verras toujours marcher à ta lumière,

Elle dit : Jéhovah sourit à sa prière,

Et les Saints prosternés aux pieds de l'Éternel

Attendaient humblement le décret solennel.

Après quelques instants d'un sublime silence,

Éclatant Séraphin, protecteur de la France,

Va : dit le Roi des rois, prends le glaive vengeur,

Que pour les fils ingrats a forgé ma fureur.

Va, punis les bourreaux de la fille que j'aime.

L'immortel, à ces mots, devant l'Être suprème,

Incline avec respect son front majestueux.

Le fer brille en ses mains, l'éclair est dans ses yeux,

Il s'élance soudain du haut de l'Empirée,

Et fendant d'un vol prompt la campagne éthérée,

Où roulent mille corps d'harmonie et d'amour,

Il arrive bientôt au terrestre séjour.

L'ANGE DE LA FRANCE

A NAPOLÉON III.

Le sort des nations pèse dans la balance,
L'Éternel t'a choisi, tu dois sauver la France,
Fils de la liberté, prends ce glaive vengeur,
Qu'en un jour de justice a forgé sa fureur.
Souvent frappes, punis, mais plus souvent pardonne.
Qui pardonne ici-bas, au Ciel a la couronne.
Il dit : et disparaît ainsi qu'une vapeur,
Laissant en traits de feux ses ordres dans son cœur.

Oh mortel! dont le nom partout répand l'ivresse,

Grande est ta mission, plus grande est ta tendresse!

La France est dans les fers et tu dois la venger;

Dieu dirige ton bras : pour toi, point de danger.

En vain autour de toi s'amoncèle l'orage,

Rien ne peut arrêter ton sublime courage :

Tu voles, et bientôt sous ta main tout fléchit,

Par toi, de ses liens la France s'affranchit.

Une nouvelle vie en elle prend naissance,

Et son cœur maternel s'enivre d'espérance;

Elle pressent déjà sa future grandeur,

L'Aigle de nos drapeaux relève la splendeur,

Et la Religion, arbre saint de la vie,

Comme la tendre fleur que l'Hiver a flétrie,

Renaît au doux Printemps sous la main de Zéphir,

Enfin, en liberté, sous toi va refleurir.

A ces signes pieux que donne ta sagesse,

L'Église a répondu par un cri d'allégresse,

Son cri trouve un écho dans le cœur des Français,

Tous bénissent ton nom, tous disent tes bienfaits,

De l'astre des héros on voit en toi l'image.

Désirant un appui contre un nouvel orage,

La France avec bonheur sur toi fixe son choix,

Et ton grand nom jaillit de huit millions de voix.

Pilote reconnu par ce brillant suffrage,

Du vaisseau que ta main a sauvé du naufrage,

Tu prends le gouvernail, et les flots étonnés,

Reculent en grondant l'un par l'autre entraînés.

C'est alors que ton cœur, noble espoir de la France,

Du Ciel avec respect admirant la puissance,

Voulut, aux yeux de tous, offrir à l'Éternel,

De ton beau dévoûment l'hommage solennel.

Pour un nouvel élu l'on vit la Cathédrale,

Rappeler des grands jours la pompe impériale;

Mille drapeaux livrés à l'haleine des vents,

Sur les antiques tours flottaient à plis mouvants.

Un glaive d'une main, de l'autre une couronne,

Là, t'attendait la France assise sur son trône.

Sitôt que tu parais sous le dôme éclatant,

De ton nom glorieux, soudain retentissant,

Elle marche vers toi rayonnante de gloire,

Moins belle on la voyait en ses jours de victoire

Où l'Univers tremblait au nom de son héros.

Avec un doux sourire elle te dit ces mots :

« O toi! qui m'a rendu ma liberté ravie,

« Qui des bords du cercueil a rappelé ma vie,

« Toi, qui si jeune encor, a vécu de douleur,

« Et qui viens aujourd'hui m'apporter le bonheur,

« Des vainqueurs sur ton front en posant la couronne

« Élu de Jéhovah! souffre que je te donne,

« Pour prix de tous les biens dont me comble ton cœur,

« Avec le nom de fils, celui de mon Sauveur!

« Proscrit, dès le berceau, du lieu de ta naissance,

« Ta vie, hélas! n'était qu'une longue souffrance;

« Pour moi, mourant d'amour sur le sol étranger,

» Tu me redemandais à l'oiseau passager.

« Mais pourquoi du passé réveiller les alarmes,

« Quand l'avenir pour toi brille de tant de charmes.

« Pourquoi te rappeler les jours de ta douleur?

« C'est que leur souvenir déchire encor mon cœur.

« Non, non, tu m'es rendu, pour moi plus de souffrances,

« Ta main, de mes tyrans a puui la démence.

« Respectée à jamais des peuples et des rois,

« O mon fils! je vivrai sous tes aimables lois.

« De quels beaux feux, pour moi l'horizon se colore,

« Quel heureux avenir à mes yeux brille encor,

« Qu'à de nouveaux combats s'élancent mes enfants,

« Je les vois revenir heureux et triomphants.

« Leurs fronts sont ombragés de palmes immortelles,

« J'entends les cris vainqueurs de leurs Aigles fidèles,

« L'Europe est à mes pieds une seconde fois,

« Sa tête s'est courbée, impuissante à ta voix,

« Oui, tu deviens ma gloire après mon espérance. »

A son libérateur ainsi parlait la France,

Et les Anges aux Cieux, d'un accent solennel,

Chantaient : Gloire à celui qu'a choisi l'Éternel !

SOUVENIR DE MA MÈRE

AU SON DE L'*Angélus*.

———

Seule, peut-être, en son humble demeure,
Ou prosternée à l'ombre du saint lieu,
Ma mère, hélas! chaque soir, à cette heure,
Verse pour moi des larmes devant Dieu.

———

L'ANGE GARDIEN.

A MONSIEUR GAUTIER, MAIRE DE BORDEAUX.

Pour moi des cieux, pourquoi, bon ange,
  As-tu délaissé le séjour
Et l'allégresse sans mélange?
Pour moi d'où te vient tant d'amour?
Pourquoi sans cesse, ange fidèle,
Viens-tu m'abriter de ton aile,
Quand sur moi plane le danger?
Pourquoi ta bonté secourable,
Pourquoi ton glaive redoutable
Sont-ils là pour me protéger?

C'est que le ciel, dès ma naissance,
En tes mâins a remis mon sort,
Et que, sur cette mer immense,
Sans toi, je trouverais la mort.
Oh ! sois mon pilote fidèle.!
De ma frêle et pauvre nacelle
Sois toujours le ferme soutien !
Dans la richesse et l'indigence,
Dans le bonheur et la souffrace,
Sois toujours mon ange gardien !

Lorsque sur ma chétive couche,
Le soir, je sommeille à demi,
Ton immortelle main me touche,
Et je t'entends, céleste ami,
Pour moi, dans une humble prière,
Demander au Dieu de ma mère

L'amour, l'espérance et la foi !
Alors, doucement je t'appelle ;
Et, me caressant de ton aile,
Tu me dis : « Je veille sur toi.

» Dors : de la mère qui te pleure,
» Du pur objet de ton amour,
» Je vais visiter la demeure ;
» Dors jusque au réveil du jour.
» Quand vient le soir, quand naît l'aurore,
» Enfant, pour toi sa voix implore
» Celui qui règne dans les cieux ;
» Souvent, du fond du Sanctuaire,
» Pour toi son ardente prière
» Monte avec l'encens des saints lieux. »

Il dit, et de ma bonne mère
Bientôt il rassure le cœur ;

Ainsi qu'un baume salutaire,

Sa parole endort la douleur;

De ses yeux il sèche les larmes;

Loin d'elle il bannit les alarmes;

Il lui rappelle qu'une main

Veille pour garantir ma tête

Des coups de la noire tempête,

Mes pas des ronces du chemin.

Quand la nuit, repliant ses voiles,

Fait place au matin du jour pur;

Quand ses scintillantes étoiles

Se perdent dans les champs d'azur;

Lorsque s'éveille l'hirondelle,

Avec douceur sa voix m'appelle;

J'ouvre l'oreille à ses accents;

Mon cœur alors vers Dieu s'élance,

Et du nouveau jour qui commence

A lui sont les premiers instants.

A genoux je rends mon hommage
Au libérateur des humains,
Les bras tendus vers son image,
De mes baisers couvrant ses mains ;
Pour ceux que j'aime sur la terre
Je fais une ardente prière.
Alors, ange au front radieux,
Traversant la plaine éthérée
Tu vas au haut de l'Empirée
A l'Eternel porter mes vœux.

Ami, qui veilles sur ma vie,
Ange que Dieu fit mon soutien ;
En ta bonté je me confie :
Auprès de toi je ne crains rien.
Du pain sacré des paraboles,
Et du feu des saintes paroles,

Oh ! ranime et nourris ma foi !
Si, de ta paix troublant les charmes,
Je t'ai déjà coûté des larmes,
Mon bon ange, pardonne-moi.
Qnand la mort, de sa main de glace,
Brisera le fil de mes jours,
A tes côtés je prendrai place
Au foyer des saintes amours.
A l'ombre de tes blanches ailes,
Dans les demeures éternelles,
Heureux enfant, j'irai m'asseoir;
Là, le front ceint de la couronne
Qu'à ses élus le Seigneur donne;
Père, un jour je pourrai te voir.

LE MATIN.

A MA MÈRE.

J'aime à voir la naissante aurore
Se mirer dans les flots d'azur;
Des fleurs que Phébus fait éclore,
J'aime le parfum doux et pur.
Du ruisseau roulant sous l'ombrage
Me plaît le bruit harmonieux;
Et de zéphyr, dans le feuillage,
J'aime les soupirs amoureux,

J'aime le chant ds l'alouette;

J'aime à voir, sur un vert rameau,

Se jouer la tendre fauvette,

Se balancer le passereau,

J'aime la rose que colore

Le premier rayon d'un beau jour;

Mais je t'aime bien plus encore,

Bonne mère! à toi mon amour.

LE SOIR.

—

A MON PÈRE.

Le roi du jour, derrière les montagnes,
Descend bercé dans un nuage d'or;
Comme à regret, il quitte nos campagnes,
Et de sa couche il leur sourit encor.
Le passereau, la tête sous son aile,
Dort, balancé par la brise du soir;
Près du ramier, la colombe fidèle,
Ivre d'amour, fait des rêves d'espoir.

Du doux printemps l'aimable messagère
Voltige encore aux créneaux de la tour ;
Amant des nuits, le hibou solitaire
Sort en criant de son obscur séjour.
Au loin j'entends une voix presqu'humaine,
De nos soupirs écho mystérieux,
Qui, sous les bois lentement se promène,
Et va porter nos prières aux cieux.
Ces pieux chants, dont la douce harmonie
Élève l'âme en de nouveaux séjours,
Ne sont-ils pas les chants d'un bon génie
Créé par Dieu pour veiller sur nos jours ?
Non ; c'est la voix de l'airain du village
Disant du soir le modeste *Angelus* ;
Mon cœur s'unit à son touchant hommage
Redit sans fin par le chœur des élus.

LE PAPILLON.

A MONSIEUR GUADET,

DIRECTEUR DE L'ENSEIGNEMENT A L'INSTITUTION IMPÉRIALE DES JEUNES-AVEUGLES.

Gracieux papillon, qui toujours te reposes
Sur le sein embaumé des œillets et des roses,
Je me plais à te voir, quand souffle le zéphyr,
Déployer au soleil tes ailes de saphir.
Je t'aime quand des eaux effleurant la surface,
Tu sembles te mirer, comme dans une glace,
Dans leur cristal si pur où vient mourir le jour.
Mais, insecte charmant, je t'aime plus encore
Si, dans un lys baigné des larmes de l'aurore,
Je te vois t'enivrer de parfums et d'amour.

L'ORPHELIN.

A MONSIEUR THIAC,

MEMBRE DU CONSEIL GÉNÉRAL DE LA CHARENTE, SECRÉ-
TAIRE DE LA COMMISSION CONSULTATIVE DE L'INSTITU-
TION IMPÉRIALE DES JEUNES-AVEUGLES.

O Dieu de l'univers, mon unique espérance,
Toi qui, de l'orphelin peux calmer la souffrance,
    Exauce mes vœux en ce jour !
Donne-moi dans ton sein, Seigneur, une patrie,
Et rends-moi les baisers de la mère chérie
    Qui m'aimait avec tant d'amour.

Déchirants souvenirs !... un soir grondait l'orage ;
De livides éclairs sillonnaient le nuage ;
    Dans le vallon soufflait le vent.
Le pâtre, plein d'effroi, regagnait sa chaumière,
Et, conviant les cœurs à la sainte prière,
    Sonnait la cloche du couvent.

Tandis que de baisers je couvrais l'humble image
De celui dont la voix sait enchaîner l'orage,
    Du sommeil me toucha la main.
Avec le jour naissant quand s'ouvrit ma paupière,
Les cris de ma douleur emplirent la chaumière,
    Car, hélas ! j'étais orphelin.

UNE IDÉE DE DIEU.

A MONSIEUR THIAC.

Dieu, c'est un astre sans aurore
Dont les rayons sont des éclairs;
C'est un feu puissant qui dévore
Tout ce qu'enferme l'univers.

Les mers sentent, à sa parole,
Se calmer leurs flots en courroux;
Il parle, la tempête vole;
C'est un Dieu bon, juste et jaloux.

Il est le sublime génie
Qui dit aux mondes suspendus,
D'unir leur suave harmonie
Aux chœurs célestes des élus.

La fleur, amante du bocage,
Lui doit ses parfums odorants ;
La colombe, son blanc plumage ;
Et Philomèle ses doux chants.

C'est par lui que la blonde aurore
Verse des fleurs sur le gazon,
Et que l'astre qui fait éclore
S'endort le soir à l'horizon.

Il dit de gronder à l'orage ;
Il donne leur parure aux bois ;
Il donne à l'oiseau son langage,
Aux ruisseaux il donne une voix.

La brise qui, le soir soupire
Dans les vallons silencieux,
L'étoile qui semble sourire
Dans le limpide azur des cieux,

L'aigle planant sur les montagnes,
Le brin d'herbe qui vit un jour,
Les riches moissons des campagnes,
Ne seraient pas, sans son amour.

Du cœur bienfaisant qui, sur terre,
S'ouvre propice aux malheureux
Et de l'infortune est le père,
Toujours il exauce les vœux.

RÉVEIL D'UN BEAU JOUR.

A M. ÉMILE BARATEAU,

ANCIEN CHEF DE CABINET AU MINISTÈRE DE L'INTÉRIEUR.

L'aurore, en s'éveillant, parsème de ses roses
Les monts dont les sommets semblent toucher les cieux;
Zéphyr donne un baiser aux fleurs à peine écloses;
Écoutez du hameau l'airain mystérieux.

Sur les saules en pleurs la colombe fidède
Mêle au bruit du ruisseau son doux gémissement;
Aux arches de la tour voltige hirondelle,
On entend des grands bois le sourd frémissement.

L'astre roi, qui, des jours mesure la carrière,
Se lèvera bientôt à l'horizon vermeil ;
Déjà s'ouvre à demi son ardente paupière ;
Les oiseaux, par leurs chants, annoncent son réveil.

La fleur qui lui sourit, à la brise rêveuse,
Abandonne en s'ouvrant les parfums de son miel ;
Riche de ce trésor, la folle aventureuse
S'enfuit en balayant le tendre azur du ciel.

RETOUR DU MONTAGNARD,

imité de l'Anglais.

———

Plus de cités, plus de campagnes,
Retournons, volons aux montagnes,
Où le daim sauvage bondit,
Où le clair ruisseau retentit;
Retournons aux forêts, aux clairières profondes,
Où notre enfance a vu s'écouler ses beaux jours,
Après vos haleines fécondes,
Hélas! nous soupirons, montagnes nos amours.

Maisonnette de la colline,
Toi que baigne une onde argentine,
J'ai bien long-temps pleuré sur toi :
L'espoir enfin mourut en moi.
L'exil est bien amer, où vaines sont les larmes ;
Oh ! maintenant je viens, montagne mon trésor,
Je viens m'enivrer de vos charmes ;
Qu'il est doux à mes yeux de vous revoir encor !

Forêts aux immenses ombrages,
Rochers muets, grottes sauvages,
Montagnes aux fronts menaçants,
Échos, répétez mes accents !
J'ai frappé mes bourreaux des débris de mes chaînes ;
De mon cachot affreux les murs se sont ouverts ;
Je fuis les cités et les plaines ;
Bienvenus la montagne et les libres déserts.

———

LA CLOCHE.

A SA GRANDEUR Mgr L'ARCHEVÊQUE DE PARIS.

Il est, dans le charmant village
Où ma mère me mit au jour,
Une cloche qu'en mon jeune âge
J'écoutais frémir dans sa tour.

C'est celle dont la voix sonore
Par de graves et pieux sons,
Annonce la nuit et l'aurore
Aux bons habitants des vallons.

C'est la voix qui tous les convie
Au sacrifice solennel
Où l'agneau qui donne la vie
S'offre pour eux sur un autel.

C'est le soupir d'une âme pure
Priant le soir dans le saint lieu;
C'est la plainte de la nature
Qui s'élève jusques à Dieu.

C'est la voix qui chante et qui pleure
Quand naît ou quand meurt un enfant;
C'est la cloche dont la demeure
Porte au ciel son coq triomphant.

Joli clocher de mon village,
De loin te voit le voyageur;
Ta croix, du salut humble gage,
Éveille la foi dans son cœur.

Sous la flèche qui te décore
Et qui brave l'effort du temps,
Quand s'éveille la blonde aurore,
Le vœu s'élève avec l'encens.

Le soir, la timide hirondelle
Qui vient dormir dans le saint lieu
S'unit à ton airain fidèle,
Et rend ses hommages à Dieu.

Il chasse, dit-on, les orages
Qui, parfois grondent dans les airs,
Et dissipe les noirs nuages
D'où sortent de blafards éclairs.

Il chante le doux hyménée
Dans ses religieux concerts;
Sa voix, par le vent entraînée,
Se répand au loin dans les airs.

Il est l'écho de la prière
Des cœurs nobles et généreux,
Qui sont, comme vous, sur la terre
Pour soulager les malheureux.

SOUVENIRS.

A MONSIEUR THIAC.

Jadis, j'aimais ce doux ombrage
Où l'oiseau mêlait son ramage
Au murmure charmant des eaux;
J'aimais ses immenses prairies,
Quand les marguerites fleuries
Les émaillaient de leurs réseaux.
Aux créneaux des vieilles tourelles,
J'aimais à voir les hirondelles

Suspendre leurs nids au printemps.

J'aimais, lorsque dans les ogives

Hurlaient avec des voix plaintives

Les aquilons, fils des autans.

J'aimais à voir la jeune abeille

Ravir à la rose vermeille

Les tendres parfums de son miel;

Lorsque la nuit tendait ses voiles,

J'aimais à compter les étoiles

Qui s'épanouissaient au ciel.

J'aimais, quand la lune rêveuse

Jetait sa lumière douteuse

Sur nos vallons silencieux;

J'aimais, quand fendant le nuage

L'éclair, précurseur de l'orage,

Sillonnait la plaine des cieux.

J'aimais, quand se levait l'aurore

A voir les pervenches éclore,

Sous les baisers d'un zéphir pur ;
J'aimais sur la feuille posée
A voir la goutte de rosée,
Où des cieux se mirait l'azur.

Sous les ondoyantes charmilles,
J'aimais à voir les jeunes filles
Se former en cercle joyeux.
J'aimais sur les trembles humides
A voir les colombes timides
Lisser leur plumage soyeux.

Quand du hameau la voix pieuse
Disait l'hymne mystérieuse,
Ivresse du divin séjour.
Des pleurs inondaient ma paupière ;
Mon cœur n'était qu'une prière
De foi, d'espérance et d'amour.

J'aimais, lorsque le grand dimanche
J'allais, en longue robe blanche,
Jeter des roses devant Dieu ;
J'aimais, touchante et recueillie,
Comme à la source de la vie,
La foule accourant au saint lieu.

J'aimais, lorsque quittant ma couche,
J'allais recueillir sur la bouche
De la mère chère à mon cœur,
Un aimable et tendre sourire,
Où mon œil ravi pouvait lire
Amour, félicité, bonheur.

SOUVENIRS D'ORLÉANS.

A MONSIEUR RICHON.

Payer ce que l'on doit, c'est faire sa fortune,
Dit un proverbe antique et partout respecté,
Hormis, des braves gens, pour qui la loi commune
Est de garder pour eux ce qu'on leur a prêté ;
Comme j'ai le désir de rester honnête homme,
Je vous viens par la poste adresser en ce jour,
Sur un mandat, en vers, une petite somme,
Et de reconnaissance et de sincère amour,

Neuf mois déjà passés depuis l'heure si chère,
Où le Seigneur permit qu'à mon triste abandon,
Vos soins affectueux et ceux de votre mère;
Amis, fussent donnés; je vous aime, pardon,
Tobie à Raphaël, offrait son héritage,
Moi, je ne puis donner qu'une place en mon cœur.
Aux anges qui, pour moi, firent d'un long voyage
De courts et doux instants d'indicible bonheur :
Si cet hommage peut mériter un sourire
De vous et de la mère, objet de votre amour.
Au ciel s'élèvera sur l'aile du zéphyre,
Une prière ardente à chaque aube du jour;
Oui, lorsque le sommeil désertera ma couche,
Cher ange conducteur, je veux m'entretenir
Avec les bons conseils donnés par votre bouche,
Et les charmes heureux de votre souvenir.

A MONSIEUR DUMORISSON,

SECRÉTAIRE-GÉNÉRAL DE LA PRÉFECTURE
DE LA CHARENTE-INFÉRIEURE.

Il est un sentiment qu'en traits brûlants de flamme
La nature a gravé dans le fond de notre âme :
C'est celui qui nous dit d'être reconnaissants
Envers ceux qui, pour nous se montrent bienfaisants.

J'étais bien jeune encor lorsque de la lumière
La main de l'Éternel me priva pour jamais :
Comme un rêve enchanteur, comme une ombre légère,
Bientôt s'évanouit ce qu'ici-bas j'aimais.

Dès-lors, je ne vis plus de la naissante aurore
Au souffle du zéphir se distiller les pleurs ;
Ni la crête des monts que le matin sonore,
Ainsi que d'un manteau, revêt de ses vapeurs.

Je ne vis plus l'éclair s'échapper de la nue,
Et sillonner les airs de rougeâtres lueurs ;
Je ne vis plus au ciel l'étoile suspendue,
Comme un phare, éclairer les pas des voyageurs.

Dès-lors je ne vis plus les tendres hirondelles
Former leurs bataillons au souffle des hivers ;
Je ne vis plus les bois, quand de feuilles nouvelles,
Par la main du printemps, leurs rameaux sont couverts.

Le soir, je ne vis plus, resplendissant de gloire,
Le soleil se coucher dans un nuage d'or ;
Je ne vis plus la nuit, lorsque sa mante noire
Couvre, ainsi qu'un linceul, le monde qui s'endort.

Gloire à celui qui donne, en son amour immense,
Aux peuples qu'il chérit des hommes vertueux,
Qui mettent leur bonheur à calmer la souffrance,
Et consacrent leur vie à faire des heureux !

Un soir, il m'en souvient, près de ma bonne mère
Je reposais, assis devant l'âtre enflammé,
Quand survint tout-à-coup, accompagnant mon père,
Un homme bienfaisant, des malheureux aimé.

En lui, je reconnus une autre Providence,
Qui venait, par ses soins, adoucir ma douleur ;
Il fit luire en mon âme un rayon d'espérance,
Et dissipa l'ennui qui flétrissait mon cœur.

« Mon enfant, me dit-il, d'une voix grave et tendre,
« Il est temps de songer à former ton esprit ;
« Paris t'offre une école où tu pourras apprendre
« Tout ce qui fait le cœur, le charme et lui sourit.

« Là, tu verras, ami, ta jeune intelligence
« S'enrichir des trésors qui font le vrai bonheur;
« Ton cœur sera nourri du pain de la science; »
Tu ne m'oublias pas, ô noble bienfaiteur!

Bientôt, je vis pour moi s'ouvrir un nouvel âge;
Ton touchant souvenir, en de lointains climats,
Inspira mes efforts et soutint mon courage
Au milieu des écueils que rencontraient mes pas.

Il est bien malheureux celui qui, jeune encore,
Et contraint de quitter le foyer paternel
Pour s'en aller bien loin des parents qu'il adore;
Que ses ans sont amers! que son sort est cruel !

Du jour de mon départ bientôt brilla l'aurore;
A tous ceux que j'aimais, je fis un tendre adieu;
Et, comme ces enfants dont la voix nous implore,
Je quittai mon pays, me confiant à Dieu.

Sa main n'abandonna jamais dans la souffrance

Et ne laissa jamais sans joie et sans amour,

L'enfant qui met en lui toute son espérance,

Et qui, pour ses parents l'invoque chaque jour.

De ceux qui partageaient ma cruelle infortune

La touchante amitié me rendit le bonheur;

La souffrance est moins grande alors qu'elle est commune;

Un ami n'est-il pas le plus doux bien du cœur?

Toujours, quand par nos yeux des larmes sont versées,

Un mot consolateur nous est donné par lui;

Il est le confident de toutes nos pensées,

Et dans l'adversité nous l'avons pour appui.

Sa parole est pour nous comme un divin dictame;

Elle calme, elle endort souvent notre douleur;

Son âme est le miroir où se mire notre âme,

Et son cœur est l'écho de notre propre cœur.

Quand la mort tout–à–coup, de sa faulx meurtrière,
Aux plaisirs, au bonheur, nous ravit jeune encor
En répandant des pleurs, il clôt notre paupière;
Sa prière pour nous vers le ciel prend l'essor.

Bientôt, je quitterai l'asile où mon enfance
A vu ses jours s'enfuir comme de courts instants;
Bientôt il me faudra, sur une mer immense,
Guider mon frêle esquif et braver les autans.

Avec l'aide de Dieu je pourrai, je l'espère,
Voir dans le monde un jour mes efforts réussir;
Ami, qui fus touché de ma douleur amère,
Je garderai toujours ton tendre souvenir.

Puisse le Roi des rois, exauçant mes prières,
Te donner ici–bas des jours longs et prospères!
Puisse-t-il dans le ciel, pour prix de tes vertus,
Un jour te recevoir au banquet des élus!

———

L'EXILÉ.

Oui, c'en est fait, loin de la France,
D'affreuses lois me vont bannir;
Le cœur flétri par la souffrance,
Je pars pour ne plus revenir.

Je vais sur la terre étrangère
Où je périrai sans secours :
Je quitte une amante, une mère,
Dont seul j'embellissais les jours.

O France, ô ma noble patrie !
Des pleurs d'amour baignent mes yeux :
Pour ton bonheur, France chérie,
Souvent je formerai des vœux.

Bientôt de nos helles montagnes
Il me faudra quitter l'air pur;
Du ciel si beau de nos campagnes
Bientôt je qaitterai l'azur.

Je vais aller sans espérance,
Bien loin sur un sol étranger
Redemander ma belle France
Au pétit oiseau passager.

O France, ô ma noble patrie !
Des pleurs d'amour baignent mes yeux
Pour ton bonheur, France chérie,
Souvent je formerai des vœux.

Après la pénible journée
Qui mettra fin à ma douleur,
Pour une enfant infortunée
Dont l'amour fait tout mon bonheur.

Le monde n'aura plus de charmes,
Et n'attendant plus mon retour,
Elle flétrira dans les larmes
Son cœur pour moi brûlant d'amour.

Lorsque j'aurai quitté la vie,
Écho des bois, brise des cieux.
A la beauté qui m'est ravie,
Reportez mes derniers adieux.

CHANT DES PÊCHEURS BRETONS.

Braves amis, quittons ces rives;
Là-bas, comme un râle de mort,
J'entends dans les vieilles ogives
Gémir le vent glacé du Nord.
C'est l'heure où les noires sorcières
Quittent leurs antres solitaires,
Et détournent de son chemin
Le pâtre imprudent qui s'attarde,
Et qui, sans nul effroi regarde,
Le jour penché vers son déclin.
L'océan de ses voix plaintives
Fait entendre l'immense accord :
Les flots là-bas battent les rives;
Fuyons, prions, gagnons le port.

A MONSIEUR DILLARD.

Le sommeil bienfaisant délaissant ma paupière,
Je viens en quelques mots *vous* exprimer mes vœux :
Ouvrant de votre cœur l'oreille à ma prière,
Ami, changez pour moi le vous respectueux,
En un *tu* moins honnète et plus affectueux.

RÉPONSE A UN AMI.

Ta lettre de mon âme a banni les alarmes,
Et par elle, un instant, je renais au bonheur;
Ton long silence, ami, faisait couler mes larmes,
Et souvent, malgré moi, j'étais sombre et rêveur.

Depuis le jour fatal que marqua ton absence,
Il règne un vide affreux dans mon cœur languissant:
Maintenant le plaisir, c'est pour moi la souffrance,
Et l'amitié naïve a perdu son accent.

Rien ne peut égayer ma profonde tristesse,
Sans toi, je n'aime plus ni le chant des oiseaux,
Ni le parfum des fleurs que le zéphir caresse,
Ni les concerts lointains des murmurantes eaux.

Je n'aime plus des nuits l'astre plein de mystère,
Versant sur les vallons sa mobile clarté;
Je n'aime plus d'Orma, la grotte solitaire,
Ni de ses verts coteaux la noble majesté.

Le soir n'a point de voix pour parler à mon âme :
L'aurore point de pleurs, ni le vent de soupirs,
La mer n'a point de flots, le ciel n'a point de flamme;
La rose est sans parfums, le printemps sans zéphirs.

Souvent, quand je parcours les nombreuses allées
Qui coupent en tous sens le bois cher à ton cœur,
Je me rappelle, ami, les heures écoulées
En de doux entretiens dans ce bois enchanteur.

Si la voix d'un oiseau vient frapper mon oreille,
Si la prière sonne aux hameaux d'alentour,
Si, dans les airs j'entends bourdonner une abeille,
Si je cueille une fleur éclose avec le jour.

Si, de l'humble ruisseau serpentant sous l'ombrage,
Le doux gazouillement arrive jusqu'à moi,
D'un bonheur qui n'est plus, je retrouve l'image;
Fleur, insecte, ruisseau, tout me parle de toi.

Tout me dit qu'en des jours que le passé dévore,
Ta main, pressant ma main, me révélait ton cœur
Que, pour moi dans tes yeux, souvent venait éclore
Un souris dont, hélas! j'ignorais la douceur.

Ah! si mes yeux jamais ne virent ton visage,
Si jamais ton regard ne fut connu du mien,
De ton cœur j'ai toujours entendu le langage,
Et de ton amitié, j'ai toujours fait mon bien.

ADIEUX D'UN FILS A SA MÈRE.

———

Je vais quitter cette chaumine
Où je reçus jadis le jour,
Ce beau vallon, cette colline,
Dignes objets de mon amour.

Je vais loin de ces lieux, ma mère,
Où commencèrent nos douleurs,
Par mon travail gagner, j'espère,
Un pain qui séchera vos pleurs.

Déjà, dans la pauvre chaumière
Le vent d'hiver se fait sentir ;
Embrassez-moi, ma vieille mère ;
C'est le signal : il faut partir.

Ne pleurez-pas, ma bonne mère ;
Je reviendrai dans ces climats
Quand le printemps sur cette terre
Aura remplacé les frimas.

Ma mère, adieu : prenez courage ;
J'emporte la croix du Sauveur,
Et votre consolante image,
Précieux gage de bonheur.

Déjà, dans la pauvre chaumière
Le vent d'hiver se fait sentir ;
Embrassez-moi, ma vieille mère ;
Bénissez-moi, je vais partir.

Il part! Sa mère désolée
Tout bas forme pour lui des vœux;
Il disparaît dans la vallée;
La mère encor le suit des yeux.

Un jour, en ta belle patrie,
Bon Savoyard, tu reviendras;
Mais, hélas! ta mère chérie
Dans ses foyers ne sera pas.

Il s'en revint dans la chaumière
Lorsque l'hiver allait finir;
Il n'y retrouva pas sa mère.
Il revint; ce fut pour mourir!

A MES PARENTS,

A L'OCCASION DE LA NOUVELLE ANNÉE.

———

Bientôt du nouvel an se lèvera l'aurore :
Heureux si dans vos bras je voyais son retour !
Exilé loin de vous, ô parents que j'adore
Si, sous mes doigts craintifs mon luth frémit encore,
Dans de modestes vers je vous veux, en ce jour,
Témoigner mon respect et mon constant amour.
Pourquoi du doux zéphir ne puis-je avoir les ailes ?
Parents aimés, j'irais vous presser sur mon cœur :
Ah ! Si j'étais léger comme les hirondelles,
Si je fendais les airs comme les tourterelles,

Vers toi je volerais, ô ma petite sœur,

D'innocence et d'amour aimable et tendre fleur!

Vous, dont je suis aimé, vous dont je tiens la vie,

Vous, pour qui chaque jour j'invoque le Seigneur,

Père sensible et bon, mère douce et chérie,

Frère, sœurs, que souvent à mon âme attendrie

En fantômes légers peint un rêve enchanteur,

Vivez tous de longs jours, c'est le vœu de mon cœur.

Privé bien jeune encor de la douce lumière,

Je ne croyais, hélas! vivre que pour souffrir;

Tout semblait n'être plus pour moi sur cette terre

Qu'amertume et douleur; comme l'ombre légère,

Tout ce qui m'entourait parut s'évanouir;

De tout ce que j'aimais je ne dus plus jouir.

Dès-lors je ne vis plus les oiseaux, les bocages,

Les clairs ruisseaux roulant leurs flots harmonieux;

Je ne vis plus l'éclair briller dans les orages.

Le soleil se jouer à travers les nuages,

Les sillons empourprés qu'il trace dans les cieux,

Ni de l'astre du soir les regards amoureux.

Je ne vis plus l'épi courbé par le zéphire;

Je ne vis plus les fleurs éclore sous mes pas;

Ni le bleu firmament où l'aurore se mire;

Pour moi, sur un visage errait-il un sourire.

Enfant infortuné, je ne le voyais pas!

N'était-il donc pour moi que douleurs ici-bas?

Hélas! vous le croyez, parents que je révère,

Vous, que mon triste sort a fait souvent gémir;

« Que fera, disiez-vous, notre enfant sur la terre?

« Mon Dieu que fera-t-il?... » ô mon père! ô ma mère

Alors avec effroi, pensant à l'avenir,

Vous sentiez dans vos yeux des pleurs brûlants courir,

Mais calmez vos chagrins; à la douce espérance,

Ouvrez, ouvrez vos cœurs, ô mes parents chéris!

L'Éternel m'a béni dans son amour immense;

Du savoir, en mon âme, il a mis la semence;

Un utile travail à mes mains est permis.

Ne pleurez plus mon sort, ô mes tendres amis!

Sept mois d'attente encore, et vers toi je m'élance,

Mère, qui me disais de prendre en mon malheur,

Pour boussole la foi, pour voile l'espérance :

Mère, qui m'enseignas dès ma plus tendre enfance,

La crainte, le respect et l'amour du Seigneur :

Au moment de te voir, j'aspire avec ardeur.

Père, dont les regards sur moi planaient sans cesse,

Ami, dont les baisers me faisaient tant de bien,

Ton image est toujours présente à ma tendresse.

Bons parents, je voudrais, en ce jour d'allégresse

Sentir battre vos cœurs pressés contre le mien.

Près de vous, à ma joie, il ne manquerait rien.

O toi, qui peux donner et reprendre la vie,

Architecte divin de ce vaste univers,

Dieu tout-puissant et bon, que chaque jour je prie,

Et toi, Reine des cieux, vierge sainte, ô Marie,

Vous, que les Séraphins chantent dans leurs concerts.

Veillez, veillez toujours sur ceux qui me sont chers !

A MADEMOISELLE MARCHAND.

Vous, qui portez le nom de ma mère chérie,

Si quelquefois, tendre Marie,

Vous désirez savoir dans la langue de miel

Ce que c'est que le ciel;

Je vous dirai sans fard : là, pure et sainte ivresse,

Délirante allégresse,

Bonheur sans fiel pour tous.

Dans le ciel, on ne sent ni douleur ni tristesse,

Et sur des harpes d'or s'accompagnent sans cesse,

Des anges bons et doux

Comme vous.

QUATRAIN

A MONSIEUR JULES LARRONDE.

Si votre cœur un jour dans le mien pouvait lire,
J'oserais espérer un peu plus qu'à demi,
Ce que bien franchement je souhaite et désire,
Le droit de vous donner le nom si doux d'ami.

FRAGMENTS

A LA FAMILLE LOCHON.

———

Les vives craintes, les alarmes
Sont le partage de vos cœurs;
Vos nuits sont pleines de vos larmes,
Et vos réveils sont des douleurs.
Mais le cri de votre détresse
Du Roi des rois est entendu,
Et l'enfant de votre tendresse
A vos vœux est enfin rendu.

Comme sous la main du zéphire,

La fleur mourante s'ouvre encore,

Pour donner parfum et sourire.

Aux beaux rayons d'un soleil d'or ;

Sous vos tendres baisers de mère

De père, de pieuse sœur,

Celui que mon âme aime en frère,

A vu s'éteindre sa douleur.

QUATRAIN.

Si j'avais l'aile de la brise,
J'irais, à chaque aube du jour,
Prendre sur ta moustache grise,
Le baiser de paix et d'amour.

A MONSIEUR AUGUSTE DILLARD,

EXTRAIT D'UN *Voyage à Laplume.*

Pour Laplume, il faut que je parte,
Et tu vas venir avec moi,
Car ce voyage, je m'en flatte,
Ne sera pas sans fruit pour toi.
D'abord, nous verrons sur la route,
Des arbres qui courbent en voûte
Leurs immenses rameaux jaunis,
Où se balancent de vieux nids,
Qu'à leurs amours avec grand'peine,
Les bardes ailés de la plaine,

Donnèrent pour temple au printemps.

Combien de joyeuses couvées,

Dans les airs se sont élevées

Du sein de ces berceaux flottants!....

Plus loin, de vingt châteaux antiques,

On voit les débris poétiques

Qui semblent dire au voyageur :

Un instant: Que tes pas s'attardent,

Et que tes yeux surpris regardent,

Les restes de notre grandeur.......

Le soleil laisse de sa couche,

Tomber un doux rayon d'adieu;

L'oiseau qui fatigué se couche,

Offre son dernier chant à Dieu;

Une cloche se fait entendre;

Nous arrivons, c'est l'*Angelus!*

On est bien loin de nous attendre,

Personne ne nous connaît plus.....

Demain, quand tombera la brume,

Après un soigneux examen,

11

Nous pourrons parler de Laplume,

Je dors tout debout, à demain!.....

Le chant du coq qui me réveille,

Me dit la naissance du jour,

Et ma promesse de la veille,

En moi se réveille à son tour.

Laplume est une vieille ville,

Dont le nom fut connu jadis,

El qu'un troubadour dans son style

Nomme un terrestre paradis.

L'air que la poitrine y respire

Est plein de force et de santé;

Le vent rarement y soupire;

Son soleil est toujours d'été.

Ses vallons sont couverts d'ombrage

D'une riche et tendre fraîcheur;

Son ciel est un riant mirage,

Vivre à Laplume, c'est bonheur !

Parlant en toute conscience :

Ce pays me semble en retard,

Pour ce qui touche la science,

Et les travaux, œuvres de l'art.

Pourtant, des hommes de mérite

Restent dans ce petit canton,

Et chez ces habitants d'élite,

On trouve des gens de bon ton.

Le parler le plus en usage

Est un bien grotesque patois,

Qui compose le beau langage,

Dont Jasmin, seul, connaît les lois.

Les femmes, sans être jolies,

Sont loin de manquer de fraîcheur;

Vives et franchement polies,

Elles ont, je crois, un bon cœur.

A Laplume, la crinoline

N'a pas encore pris racine.

Elle absorbe, dit-on, trop d'air.....

Pourtant, le bruit court que Thérèse,

Avait le jour de la saint Blaise,

Un jupon roide comme fer !

Ce qui pourrait être un indice
De l'avènement précieux,

De ce riche et gros artifice,
Dans ce pays délicieux.

Sous le rapport de la morale,
Laplume paraît saine encor;

En tout, réserve est sans égale,
Et se trouve, franchise d'or.

Cependant, j'ai plus que personne,
La preuve que tous les Plumais

N'ont pas la conscience bonne;
Je le dis, sans craindre procès...,

Chez eux l'affection réside
Dans la parole et le regard;

L'intérêt jamais ne la guide,
Elle est droite, noble et sans fard.

C'est elle qui, de l'espérance,
Sous leurs pas fait naître les fleurs,

Et qui s'en vient de leurs souffrances,
Heureuses, partager les pleurs.

Sa voix, pure comme elle-même,

Appelle tous les cœurs à soi;

Dans ce pays enfin, on aime,

Ami, comme on aime chez toi.

A MONSIEUR A. CAYROU.

En retour des bienfaits sans nombre,
Que votre main sème dans l'ombre,
J'apprends, non sans un vrai bonheur,
Que, de l'étoile de l'honneur,
Le chef puissant de notre Empire,
Écoutant de Dieu qui l'inspire,
La voix qui lui dit votre nom,
Vient de vous faire un juste don.
En attendant l'heure suprême,
Où le front ceint d'un diadème,
Au banquet sacré des élus,
Vous feront asseoir vos vertus.

DE LA POSSIBILITÉ

DE

L'EMPLOI DES PROFESSEURS AVEUGLES.

SOCIÉTÉ DES INSTITUTEURS ET INSTITUTRICES

DU DÉPARTEMENT DE LA SEINE.

DE LA POSSIBILITÉ

DE

L'EMPLOI DES PROFESSEURS AVEUGLES.

HISTORIQUE.

PAR M. ROBINET,

MEMBRE ; VICE-PRÉSIDENT DE LA DITE SOCIÉTÉ, OFFICIER DE L'ACADÉMIE,
INSTITUTEUR, A PARIS.

J'ai eu l'honneur d'appeler votre attention sur des faits que j'ai expérimentés, et qui m'ont paru susceptibles d'obtenir toutes les sympathies d'une Société comme la nôtre ; c'est-à-dire d'une Société éclairée et toujours disposée au bien.

Un grand nombre d'enfants, vous le savez, sont atteints, dès leur naissance ou dès leur bas-âge d'une infirmité redoutable qui, récemment encore, mettait l'être qui en était frappé dans la plus déplorable des conditions, s'il appartenait à une famille pauvre.

Je veux parler de la cécité :

L'aveugle alors était voué, sans réserve, à l'ignorance la plus absolue, et son esprit restait dans les mêmes ténèbres que ses yeux.

Heureusement, il n'en est plus ainsi de nos jours. La bienveillance du Gouvernement a rendu possibles toutes les améliorations que des hommes éminents par leur position et leur science, et plus encore par leur caractère élevé et généreux, avaient proposées pour l'éducation de personnes si dignes d'intérêt.

L'œuvre fondée par Valentin Haüy, est dans un état complet de prospérité.

Déjà d'importants résultats ont été obtenus dans l'Institut impérial des jeunes aveugles, où trois cents élèves des deux sexes se trouvent réunis, et sont exercés à la pratique des travaux manuels qui s'exécutent avec habileté.

Presque tous les élèves sont musiciens, et chez eux, l'instruction est élevée au niveau de celle des voyants.

Enfin, toutes les connaissances humaines ont été mises à la portée des aveugles, depuis qu'ils savent lire, et plusieurs d'entr'eux, instruits par des professeurs aveugles eux-mêmes, ont soutenu les épreuves académiques avec un succès complet.

Les aveugles se distinguent partout par leur régularité, leur zèle, leur intelligence et leurs sentiments doux et pieux.

Ne vous appartient-il pas d'ouvrir la carrière de l'enseignement à ceux qui sont pourvus d'un brevet de capacité obtenu dans les mêmes conditions que les voyants ?

J'espère que vous en jugerez ainsi :

M. Dufau, directeur, et M. Thiac, administrateur de l'Institut Impérial, connus des aveugles par le bien qu'ils leur ont fait, m'ont invité à essayer de l'emploi d'un élève, reçu professeur, dans mes classes. — J'accédai volontiers à leurs désirs, et depuis neuf mois, M. Clovis Besson est chargé, chez moi, des leçons de français. comprenant la grammaire, l'orthographe, la syntaxe et la littérature; des leçons d'histoire, comprenant l'histoire sainte, l'histoire ancienne et l'histoire de France, dans mes premières et deuxièmes classes; enfin, d'une instruction morale et religieuse pour mes jeunes enfants.

L'expérience m'a démontré ce qui suit :

1° Le professeur aveugle est légal, sinon, le supérieur du professeur voyant, dans toutes les branches de l'enseignement théorique;

2° Il possède d'exellents livres qu'il lit avec une grande facilité, car les mains ont hérité des yeux;

3º Grâce à un exercice continuel, sa mémoire est sûre et meublée de mots et d'idées qui ne laissent aucune inquiétude sur le langage qu'il tiendra à ses élèves ;

4º Ses professeurs, aveugles eux-mêmes, se sont servis à son égard d'une excellente méthode, qui est une garantie de succès ;

5º Sa tenue est toujours convenable ;

6º Il connaît ses élèves après un petit nombre de leçons, peut en faire la liste et leur mettre des notes :

Cependant, une objection se présente, objection sérieuse et capitale.

Comment maintiendra-t-il la discipline ?

Il n'est pas besoin de demander comment il enseignera l'écriture, le dessin, etc. Évidemment, il ne peut être chargé de ces parties.

Si tous les enfants voyants étaient suffisamment attentifs et sages, on comprend qu'il n'y aurait aucune difficulté ; car, à part les arts graphiques, qu'il ne suffit pas de démontrer, l'aveugle fait exécuter toutes les corrections des devoirs par l'explication, la lecture et l'épellation.

Je ne proposerai donc pas d'abandonner le professeur aveugle à tous les hasards que peuvent amener, dans une classe, la malice et l'insouciance des enfants en général, et même la méchanceté, et le mauvais vouloir de quelques-uns.

Il faut accorder, sans interruption, la présence d'un surveillant : là, git le plus grand obstacle ; mais cet obstacle est-il invincible ?

En général, dans les écoles de garçons, on emploie peu de professeurs spéciaux. Chaque classe a son maître, qui en fait tout l'enseignement. J'ai donc pensé que l'aveugle avait peu de chances d'être appelé par les instituteurs.

Les institutions de demoiselles sont-elles dans le même cas ?

Je dis non, et c'est ce qui me donne l'espoir

fondé, que notre tentative ne sera pas sans résultats.

Vous le savez, il est d'usage pour les demoiselles que certaines parties de l'enseignement, et notamment le français et l'histoire, soient faites par des professeurs libres, à raison de deux ou trois leçons par semaine; et dans ce cas, toujours une sous-maîtresse reste en permanence à la leçon, chargée qu'elle est de faire faire les devoirs, et d'en surveiller la bonne exécution.

Là, le professeur aveugle présentera les mêmes avantages que le professeur voyant.

C'est après avoir établi ces faits que j'ai sollicité la nomination d'une Commission, à l'effet de contrôler l'opinion que j'ai émise; et M. le Président, sur ma demande, a bien voulu m'adjoindre deux honorables et bienveillants confrères.

Dans une première réunion, l'un des membres ayant manqué à l'appel, l'autre me déclara qu'après examen, il acceptait personnellement tout ce que j'avais avancé de favorable ; mais qu'il désirait, pour que le rapport à faire, acquît toute la force voulue, que nos convictions fussent appuyées, en connaissance de cause, par plusieurs de nos confrères qui se réuniraient volontairement à la Commission.

D'après cet avis, j'invitai quelques confrères à une seconde séance. Ils acceptèrent avec empressement, et après une épreuve de deux heures qu'ils firent subir au jeune professeur, ils exprimèrent en se retirant, leurs vifs sentiments de satisfaction, et m'autorisèrent à faire ce rapport, qu'ils ont signé.

Signé : MM. Rigolot, Guillot, Pierson, Silvestre, Lambert, Dévillière et Robinet ; *ce dernier ,* Rapporteur.

TABLE.

———

138

Bordeaux. — Imprimerie de Th. Lafargue, Libraire.

BORDEAUX. IMPRIMERIE DE TH. LAFARGUE, LIBRAIRE.

www.ingramcontent.com/pod-product-compliance
Lightning Source LLC
Chambersburg PA
CBHW051135260626
47170CB00005B/1829